Ie

220186

SAINT-EUSTACHE

ET

LA CHAUMIÈRE,

POT-POURRI EN DEUX PARTIES,

A L'OCCASION

DE LA SAINT-HONORÉ EN 1823,

PRÉCÉDÉ

D'UNE ÉPITRE A MES CONFRÈRES,

PAR FÉLIX (C. D.)

.... Libelli dos est, quiod risum movet.
PHÈDRE.

SE TROUVE A PARIS,
Chez l'Auteur, rue Saint-Denis, n°. 286.

1823.

IMPRIMERIE DE MADAME VEUVE J. L. SCHERFF,
PASSAGE DU CAIRE, N°. 54.

PRÉFACE,
OU QUELQUE CHOSE *COMME ÇA.*

SAINT-HONORÉ naquit au village de PORT, dans le PONTHIEU, au commencement du septième siècle. Il parvint à l'évêché d'Amiens en 660, et termina sa carrière toute chrétienne peu de temps après.

RENOLD-CHÉRINS fit bâtir à Paris, en 1204, une église, sous l'invocation de SAINT-HONORÉ. Quatre ans après, il y fonda des prébendes pour plusieurs chanoines. C'est dans cette église qu'on garda les reliques du saint évêque jusqu'en 1730, qu'elles furent tirées de l'ancienne châsse.

SAINT-HONORÉ est encore aujourd'hui (1) patron titulaire d'une chartreuse d'Abbeville, fondée en 1306.

Mes recherches pour découvrir l'origine de sa coïncidence avec la boulangerie en général, ont été infructueuses, et je laisse ce soin aux personnes plus versées que moi dans la connaissance de l'histoire ecclésiastique. Toutefois est-il, que le grand SAINT-HONORÉ, *de religieuse mémoire,* est depuis longtemps, et sera probablement toujours, le patron chômé de la plus utile des professions.

La souscription au Pot-pourri, que j'avais

(1) 1705.

ouverte chez MM. Poulain et Bétout, ayant de beaucoup manqué le but philantropique auquel je la destinais ; d'un autre côté, l'empressement *d'un très-petit nombre* de mes confrères à souscrire à ce délassement d'esprit, avait jeté du vague dans mes idées : elles ont repris un caractère fixe, et je ne balance plus à livrer à l'impression ce recueil momusien, qui, j'ose l'espérer, ne déplaira pas entièrement lorsqu'il aura subi la double épreuve de la *représentation* et de la lecture.

Je prie MM. Poulain et Aubry d'agréer mes remerciemens pour leurs procédés honnêtes envers moi, et mes excuses pour les petits désagrémens auxquels cette innovation a pu donner lieu (je veux dire les diffamations de la malveillance).

MM. *tels et tels,* qui se sont conduits avec tant d'indécence chez M. Bétout, relativement à cette souscription, dont je l'avais chargé, ont donc pensé que leur improbation suffirait pour me faire abandonner le plan que j'avais conçu ? Non, sans doute ; qu'ils soient *assez bons* pour épurer leur opinion sur moi au creuset de l'impartialité, et ils reconnaîtront que je méritais plus de justice.

Je ne veux pas répondre au fiel par le fiel, et me réserve d'en appeler désormais

Du public en tumulte, au public attentif.

ÉPITRE

A MES CONFRÈRES.

Honneur et joie à vous que le plaisir rallie,
Qui, dans ce temple ouvert à l'aimable folie,
Des travaux de l'année oubliant les soucis,
Fêtez votre Patron, aux confins de Paris!
O vous, dispensateurs de cette *manne* utile,
Qui nourrit et les champs, et les camps et la ville!
Amis! pourrions-nous pas, sans offenser Comus,
Le prier de céder sa couronne à Momus?
Car, si *ventre affamé*, dit-on, *n'a pas d'oreille*,
Nul de nous ne doit craindre une peine pareille.
  Trois fois ma voix tremblante aux pieds de l'Hélicon,
Par de faibles accents implorant Apollon,
D'indulgens auditeurs, qui daignèrent l'entendre,
Reçut des compliments qu'elle était loin d'attendre.
Je reviens à la charge et me présente encor,
Car c'est plus fort que moi, je reprends mon essor,
Dût-on, pour m'en punir, employant la rudesse,
Siffler et resiffler ma nouvelle faiblesse.
Vainement il m'écrit, l'invisible censeur:
« Ne sauras-tu jamais abjurer ton erreur?
« Faut-il te dire encor que depuis trois années,
« Les muses dans tes vers sont par trop chagrinées?

« Achète BÉRANGER, lis ses joyeux refrains,
« Relis, contemple, admire, et *fais… des petits pains.*
« Laisse-là RICHELET, quitte la poésie,
« Aux Dieux seuls appartient de goûter l'ambroisie.»
Grand merci du conseil, officieux ami !
Cependant je ne veux le suivre qu'à demi.
Le sort en est jeté; le goût des vers m'obsède
Tellement, qu'à ce mal il n'est pas de remède.
Je l'avouerai pourtant, je compte sur mes doigts,
La quantité des *pieds* qu'à chaque vers je dois.
Suivant de DESPRÉAUX le précepte si sage,
Vingt fois sur le métier je remets mon ouvrage,
Et bien souvent le soir, tant je suis apprenti,
Me laisse au même endroit d'où j'étais reparti.
On voudrait que je fisse un couplet sans *cheville* (*);
Dans mes premiers essais, on dit qu'elle fourmille :
Qui plus est! on assure, en un style plaisant,
Qu'à deux cents pas, mes vers sentent le courtisan….
Les critiques souvent ont fait plus d'un poète :
O d'un esprit frondeur, inévitable dette!
A l'immortalité, c'est toi qui conduisis
Tous ces noms si fameux, l'honneur de leur pays,
Mais qu'ai-je à démêler avec si grande gloire?
Les Boulangers vont-ils au temple de mémoire?

(*) *Cheville,* tout ce qui, dans les vers, n'est que pour la
mesure ou la rime.

J'entrave mon sujet, et ma digression,
Egare votre esprit et votre attention :
Pourquoi ce long début ? Que faire, ce me semble,
De cent mots décousus, qui ne sont rien ensemble ?
Ne vaudrait-il pas mieux vous dire franchement :
Tenez, Messieurs, rimer est mon seul agrément ;
Avec *le seize Mai* formant une alliance,
Je me suis engagé d'avoir de la science ;
En vers, j'ai, tous les ans, promis de l'honorer,
Toutefois, qu'à son tour, il saura m'inspirer,
Et je viens cette fois, quoique la quatrième,
Vous ennuyer encor d'un passe-temps que j'aime.
Peut-être ai-je *mangé mon pain blanc le premier :*
Aux terres d'APOLLON, novice braconnier,
N'est pas toujours heureux, ne sachant se résoudre,
Et souvent, aux moineaux devra tirer sa poudre.
Mais qu'importe, après tout, si mes premiers succès
Doivent être un rempart à mes nouveaux essais,
Rempart que ne saurait forcer la malveillance,
Lorsqu'il est défendu par autant d'indulgence.

Invoquant ERATO, je voudrais pour mes chants,
Des nymphes de nos bois emprunter les accents :
Amis, ne croyez pas que ma muse en délire,
Pense à s'armer jamais du fouet de la satyre ;
Qu'au prix du sel versé sur chacun de mes mots,
Je veuille m'honorer de la haine des sots :

De mon ambition, tel n'est pas le volume ;
Je brûlerais d'un feu qu'un sot orgueil allume,
Moi ! moi qui va prônant, avec tant de raisons,
Que tout doit ici bas finir par des chansons,
Et qu'un riche palais, pour qui n'y peut rien dire,
Ne vaut pas un cachot où l'on garde sa lyre ;
Non, l'humble chansonnier ne veut ceintre son front,
Que du frêle laurier que lui tresse APOLLON.

Il est temps d'en finir ; déjà l'heure s'avance :
Je n'abuserai pas de votre complaisance.
Que vos soins empressés accordent un abri
A *mon nouvel enfant*, bien faible POT-POURRI.
En l'honneur du Patron de la Boulangerie,
Votre jeune Confrère a fait cette folie :
Il ne demande pas votre absolution,
Mais.... vous lui saurez gré de son intention.

SAINT-EUSTACHE

ET

LA CHAUMIÈRE,

POT-POURRI.

PREMIÈRE PARTIE.

Saint-Eustache.

INTRODUCTION.

AIR : *Ah ! le bel oiseau, maman !*

ENFIN il luit à son tour,
    Ce jour
    De fête
    Complète,
Où nous nous rassemblons pour
Chanter et *chauffer le four.*

Dès longtemps je fus *pétri*
Du désir qu'avec aisance,
On servît en pot-pourri,
Un dessert de circonstance :

Je vais faire cet effort,
Comptant sur votre indulgence ;
Marin sans expérience,
Faites-moi gagner le port.

Air : *A boire, à boire, à boire.*

Courag', courag', courage,
L'patron touche au rivage,
Saint-Isidor' s'est retiré,
Pour fair' place à Saint-Honoré.

~~~~~~~~~~~~~~~~~~~~~~~~

(La scène est près l'église Saint-Eustache : elle est
occupée par deux commères.)

Air : *R'li, r'lan.*

Quel carillon à Saint-Eustache !
Courons-y la belle Margot :
Entends-tu comme il en détache,
Ce p'tit sonneu, qu'est pas manchot ?
— T'es plus prompte qu'une arbalète ;
Quand les cloch's sonn'nt accourez donc,
Din don.
— Des Boulangers dam' c'est la fête,
J'veux m'fair' ben v'nir de leur patron.

(La scène change et se passe chez un boulanger :
elle est occupée par le père, la mère et la fille, ensuite
un cocher.)

LA FILLE.

Air : *Entends-tu l'rappel qui sonne ?*

Entends-tu qu'on tinte la messe ?
Maman,
Procur' moi c't'agrément ;
Tu m'as dit, tout récemment,
Qu'c'était plus gai qu'un enterr'ment.   (*Bis.*)
~~~~~~~~~~~~~~~~~~~~~~~~

Tu la tiendras ta promesse ,
J'en f'rais volontiers l'pari ;
Et puis, qui sait ? peut-être est-ce
Là que j'verrai mon mari.

Entends-tu qu'on tinte , etc.

AIR : *Un jour à Fanchon, j'dis ma fille.*

Ma mèr' c'est aujourd'hui *le seize ,*
V'là qu'j'ai déjà quinze ans passés,
    C'est assez ;
Pens'-tu qu'c'est en m'surant d'la braise ,
    Qu'les amoureux
    Viendront m'fair'..... les beaux yeux ?
L'amour, vois-tu, veut qu'on lui plaise ;
    Or, ainsi le r'c'voir,
    Ce trait s'rait noir.

AIR *du ballet des pierrots.*

D'la tête aux pieds faut que rien n'choque ,
Tu sais d'ailleurs que j'ai bon goût ;
Comme une autr' j'peux porter la toque ,
Qu'ombrage le fin *marabou.*
Oui, j'veux exciter la surprise
De ceux qu' la fêt' seul' déplaça ;
    J'veux enfin qu'à l'église
    On dise :
« Non, je n'l'ai jamais vu comm' çà. »

AIR *du premier pas.*

    Pour l'pain bénit ,
    La jeune fill' soupire ,

Mais cett' fois-ci,
N i ni,
C'est fini,
J'connais la bell' que le sort vient d'élire;
On nomme cell' contre qui l'sort conspire :
C'est pain bénit.

LA MÈRE.

AIR : *O Fontenai !*

Si l'an prochain, pour choisir la quêteuse,
On permettait qu'mon avis fût public,
Pour faire ensort' qu'la sagesse fût heureuse,
Je *pencherais* pour la fill' du syndic.

LA FILLE.

AIR : *Quand on ne dort pas de la nuit.*

As-tu bientôt fini, maman ?
Il est déjà midi, je pense,
Nous s'rons en r'tard assurément;
Vît-on pareil désagrément ?
J'en suis sûr' la messe commence;
Nous n'aurons pas de plac' dans l'chœur,
C'est justement c'que j'appréhende.
Grand Dieu ! si j'avais le malheur
De manquer *(bis)* d'aller à l'offrande !

AIR : *Ah ! que je suis donc chagriné.*

Maman, que j's'rais dans l'embarras,   } *(Bis.)*
Si le fiacre n'arrivait pas;

Avec ma robe d'taffetas,
    Vraiment je n'ose pas   } *(Bis.)*
    Ici risquer un pas.

(On entend le bruit d'un fiacre qui s'arrête à la porte.)

LE PÈRE, *au Cocher.*

Air : *Verse encore.*

Vit' cocher, cocher, cocher, cocher,
Fouette pour Saint-Eustache,
Voyous comm' t'en détache ;
Sans t'fâcher,
Broncher,
T'moucher,
Cracher,
Nous allons voir, cocher,
Si tu veux marcher.

LE COCHER, *en belle humeur.*

Dit's donc not' bourgeois,
Par le bout mon *fouet* pêche,
Faut ben pour cett' fois,
Que j'y mett' les dix doigts.

LE PÈRE.

Tu veux m'faire aller,
Mais drôle n'y'a pas *mèche ;*
Roule ta *calèche,*
Ou je vais te rouler.
Vit' cocher, cocher, cocher, cocher, etc.

LE COCHER.

Air : *Quel désespoir !*

Quel désespoir !
Comm' la colère vous assiège,
Quel désespoir !
Sur mon siège
Je vais m'asseoir.

Si tellement j'opère,
Que je l'mène bon train,
Le boulanger, j'espère,
Va m'fair' gagner mon pain.

Quel désespoir, etc.

AIR : *Clic et clac, et va qui roule.*

Clic et clac, quoi qu'on en dise,
J'suis cocher, j'veux m'mortifier ;
Sapin qui charge pour l'église
Ne doit pas se faire prier.
J'ai trop bu, mais en bon apôtre,
Pourquoi donc avoir l'cœur navré ?
Puisque j'sais qu'un cahot r'lev' l'autre,
De c't'accident je me r'lev'rai.

Clic et clac, etc.

(La scène est transportée devant le portail de l'église
SAINT-EUSTACHE, et peu de temps après dans l'église.)

LA FILLE.

AIR : *Dans c'pays jour et nuit j'm'exerce,* (de GASPARD
l'Avisé.)

En dix minut's, sans fair' naufrage,
Enfin nous abordons l'rivage :
J'entends l'cocher qui dit tout haut :
Ho ! ho ! ho ! ho !
Eh ! quoi, nous y serions déjà ?
Ah ! ah ! ah ! ah !
Descendons vit', maman, papa !
On dit que l'plaisir différé
S'accroît.... Vive SAINT-HONORÉ !   (*Bis.*)

J'entrerai,
Je m'plac'rai,
Je verrai
Le Curé
A mon gré.

LA MÈRE, *dans l'Eglise.*

Air : *La tour prends garde.*

Ma fill' prends garde,
On te regarde,
   Or farde
  Ton maintien ;
Pour avant-garde,
La hallebarde
Du Suisse est notr' soutien.

(Ici un des fidèles élus quitte le chœur, traverse la foule, s'approche de ces Dames et leur chante :)

Air : *Des fraises.*

Pour vous offrir mes secours,
Dans la foule incommode,
Près de vous, Mesdam's, j'accours,
Un *secrétair'* c'est toujours
    Commode (*).   *(Ter.)*

LA FILLE.

Air : *Une fille est un oiseau.*

Grâce à vous, sans coup férir,
Nous allons trouver d'la place ;

_____

(*) Ce couplet ne paraîtra pas riche d'idées ; il m'a été impos-sible de le *meubler* davantage.

Pour nous, s'il n'est pas tenace,
Le *chœur* devrait s'attendrir.
Messieurs d'la boulangerie,
Est-il besoin, je vous prie,
D'vous parler d'galanterie,
Quand mon père est électeur ?

L'AUTEUR.

C'est la croix et la bannière ;
Chacun voudrait qu' sa prière
Aujourd'hui partît du *Chœur*.   (*Bis.*)

AIR : *J'avais mis mon petit chapeau.*

Nos Dames auront des succès,
Chacun admire leur parure ;
Plusieurs ont engagé CÉRÈS
De présider à leur coiffure.   (*Bis.*)
Un jour nous verrons, tout surpris,
De la toilette ouvrant le code,
Qu'elle prendra conseil, la mode,
Des boulangères de PARIS.   (*Ter.*)

AIR : *O Filii.*

V'la l'clergé qu'entre *incognito* ;
Alors un prêtr' dit aussitôt :
Pour finir, faut c'mmencer, *ergô*,
Introïbo, etc.

AIR : *Bonjour mon ami Vincent.*

Les violons, les serpents,
Les bassons, les clarinettes,
Les chantres et les enfants,
Les orgues et les trompettes,

Pour prier l'patron quel charivari !
Le Bon Dieu là haut, sans doute en a ri.
   Vraiment ceux qui n'aim'nt pas la messe,
      Y viendraient sans cesse
        Avec onction ;
      Chang'ment d'corbillon,   (*Ter.*)
      Fait trouver l'pain bon.

       Air *de la retraite.*

    Chacun s'dispose,
   Ensuite après un' pause,
   On chante la prose ;
    C'est là surtout
   Qu'les fidèl's sont en goût.
   Un cortèg' religieux
   S'avance d'un air pieux,
   Chacun le *mang' des yeux;*
    C'est *l'pain bénit,*   (*Bis.*)
   Çà s'ra bientôt fini.

  Air : *On dit que je suis sans malice.*

    Comme elle
     Est belle
    La demoiselle,
    Et sa toilette
    Est si bien faite ,
    Qu'son conducteur,
    Garçon d'honneur,
De la trop approcher a peur.
A qui lui donne, pour quittance,
Elle fait une révérence.
Qu'elle fait bien la révérence !

Une Duchesse n'aurait pas
Moins d'timidité, plus d'appas.　　　　　} (*Bis.*)

Air : *Du Dieu des bonnes gens.*

Pour l'pain bénit, l'un sur l'autre on se pousse,
N'dirait-on pas qu'ces Messieurs sont à jeun ?
Dans la corbeill' qui met quatr' doigts et l'pouce,
Jouera d'malheur s'il n'en attrape qu'un.
Mais j'aperçois le Curé qui nous blâme,
Pourtant c'délit doit lui paraîtr' léger ;
Puisque ce pain, dit-on, réchauffe l'âme,
　　　On n'peut trop en manger.　　　　　(*Ter.*)

Air : *Femme sensible.*

Il faut, Messieurs, parler avec franchise,
Je n'fus jamais de la feinte amoureux, .
Sachez pourquoi tant de gens, dans l'église,
N'font pas *d'brioch's*.... c'est qu'on en fait pour eux.

Air : *De la bergère.*

Quand chacun d'nous lui rend hommage,
En priant l'Patron d'le servir,
Parmi les prières d'usage,
J'crois que *l'credo* dût fair' plaisir ;
Le *Domine salvum*, *la prose*,
Produisent toujours leur effet :
J'en sais qui préfèrent, *pour cause*,
Le tardif *ite missa est*.

Air : *Allez-vous-en gens de la noce.*

Allons-nous-en, la messe est dite,
　　Messieurs, courons vite
　　　Au salut.

— Vous voudriez donc, çà m'défrise,
Que de faim chacun d'nous mourût?
— Non, de Comus je prends la d'vise :
Sans la table pas de salut,
Pas de salut, pas de salut.

Allons-nous-en, etc.

AIR : *Suzon sortait de son village.*

Depuis le donneur d'eau bénite,
Jusqu'au modeste sacristain,
Comme un Ministre on m'sollicite :
Tout l'monde ici tend donc la main ?
    Monsieur, m'dit l'suisse,
    Dieu vous bénisse !
    A vos souhaits !
    (Alors j'éternuais.)
    Quelle cohorte
    Assiég' la porte !
    C'est, je l'comprends,
    La misér' sur deux rangs.
A mes gros sous chacun d'eux vise,
Mais çà s'rait à n'en pas finir ;
Ils sont, on n'en peut disconv'nir,
    Gueux comm' des *rats d'église.*

AIR : *Moi je flâne.*

    De la presse,
    Qui se presse,
Je me tire avec adresse.
    A la messe,
    Si l'on m'blesse,

A qui ferais-j' mon
Sermon ?

L'rendez-vous est chez Suleau ;
Au revoir, mes camarades,
Ce soir nous f'rons nos cascades
De l'autre côté de l'eau.
Amis, que chacun s'empresse,
L'premier bien, c'est la santé ;
Ce qui nous manque en richesse,
Moi, j'vous l'promets en gaité.

De la presse,
Qui se presse,
Je me tire avec adresse.
A la messe,
Si l'on m'blesse,
A qui ferais-j' mon
Sermon ?

(Tous les fiacres du quartier sont mis en réquisition, et leur majorité se dirige vers le boulevard du Mont-Parnasse.)

DEUXIÈME PARTIE.

La Chaumière.

(La scène est dans l'établissement dit LA CHAUMIÈRE :
elle est occupée par le restaurateur SULEAU et
employés.)

M. SULEAU.

AIR : *Allons au p'tit Ramponea*

Marmitons et cuisiniers,
    Pour qui CARÊME
    Est un problème,
    Mettez-là vos tabliers ;
Pour vous aujourd'hui pas d'quartiers.

Des Boulangers c'est la fête ;
D'mes champignons j'suis certain :
Ils n'perdront pas en goguette
    Le goût du pain.

Marmitons et cuisiniers, etc.

AIR *de Fanchon.*

Les montagnes de la Chaumière
Des grandeurs sont l'tableau mouvant ;
Tel qui n'reste pas en arrière,
Y mont' moins vît' qu'il n'en descend.
Or, chacun d'ceux qui f ront la foule
Voudra s'lancer, l'argent est rond, il faut qu'il roule.

Air *de la boulangère.*

Tous ici dites mon refrain :
 « Honneur, gloire à la *cotte !* } *(Bis.)*
« Aux Boulangers donnons la main,
« Pour avoir la *grignotte* du pain,
 « Pour avoir la *grignotte.* »

(A ce moment on voit paraître l'avant-garde des convives.)

L'AUTEUR.

Air *de la chasse du Roi et le Fermier.*

Gais lurons,
Pénétrons,
Entrons ;
Ce restaurant
Est apparent.
Sa vieille renommée,
Qui ne s'en ira jamais en fumée,
N'est pas due au hasard ;
Car,
De l'égrillard
Et gaillard
Filard,
Pour prix de son labeur,
Suleau sera le digne successeur ;
Et qu'importe les coûts,
Tous
Les mets seront à nos goûts. } *(Bis.)*

M. SULEAU.

Air : *Oui, d'un échappé de l'enfer* (petites Danaïdes).

A la *Chaumière* entrez gourmets,
Dont le palais goûte et regoûte
Les vins exquis et les bons mets,
De moi vous serez satisfaits,
J'en servirai coûte qui coûte.
Chaque bouteille a son bouquet,
Et le buveur qui la débouche,
S'écrie, en noyant le hoquet :
« L'eau m'en vient (*bis*) m'en vient à la bouche. »

Air *d'une marche suisse.*

« Bon, bon, bon, bon, bon,
　« Bon, » s'écrie un luron,
　« Dans l'jardin sans façon,
　« Moi je paie un flacon
　« Du vieux vin de Mâcon ;
　« Obéissez garçon :
　« Je prouve ici qu'on
　　« N'est pas gascon.
« Quand, quand, quand, quand, quand
　« J'porte l'fin bouracan.
　« Si le vin est piquant,
　« J'suis comme un p'tit volcan,
　« Mon gosier d'pélican,
　« Aime par conséquent,
　« Boire un vin marquant.
　　« En sert-on ? Quand ?

« Que la sagess' nous accompagne, } (Bis.)
« Et les plaisirs seront complets ; }
« Au lieu d'*bâtir des châteaux en Espagne,* }(Bis.)
« Nous jouerons aux petits palets. » }

 « Mais, mais, mais, mais, mais,
 « Mais quand l'odeur des mets,
 « A mes sens aux aguets,
 « Portera ses attraits,
 « Qu'les conviv's seront prêts
 « A s'donner un engrais,
 « Je n's'rai désormais
  « Que pour les mets.
 « Ah ! ah ! ah ! ah ! ah !
 « De ce joyeux gala
 « J'crois entendre déjà
 « L'aimable brouhaha.
 « Comme chacun rira,
  « Trinquera,
  « Boira,
 « Quand la faim ira
  « Cahin-caha ! »

L'AUTEUR.

Air : *Du major Palmer.*

Tandis qu'on boit et pelote,
En attendant le repas,
Moi, que l'grand air ravigote,
Sur l'boul'vard j'promèn' mes pas.
Là, ma lunett' que j'déploie,
Me montre dans le lointain,

(25)

Ceux que Momus nous envoie,
Avec la soif et la faim.
Mon succès est efficace,
Et j'admire tout surpris,
Le siège du Mont-Parnasse,
Par les Boulangers d'Paris.

Du premier fiacr' qui s'avance,
J'vois descendre un gros gaillard,
Qui, quand il s'agit d'bombance,
N'veut jamais être en retard.
Il a du foin dans ses bottes,
Pourtant il est en souliers;
Madam', pour ses papillottes,
Prend des cart's de Bauvilliers.
Ils sont trois de compagnie,
Chacun d'eux s'arrondira;
C'est, de la gastromanie,
Le joyeux Triumvirat.

Que vois-je à peu de distance !
Est-ce encore pour le festin?
Oui, c'est *l'grenier d'abondance*
A cheval sur un *poulain*.
Trois places on lui conserve,
S'il a mis auparavant,
Tous ses travaux en *réserve*,
Et le plaisir en avant.
Dans cet autre qui s'présente,
Je crois voir *le p'tit homm' gris*,
Il a dépassé septante ,
C'est un père avec ses fils.

Bourreaux d'la mélancolie,
Un essaim de jeunes gens,
Sur l'autel de la folie,
Vient prodiguer son encens.
Approchez, *Syndics en herbe,*
Le temps vous fera ses dons;
Il n'a pas tort le proverbe
Qui dit : *aux derniers les bons.*
Chez Comus entrez en masse,
Vous, ses joyeux desservants;
Allez marquer votre place
Au banquet des bons vivants. } *(Bis.)*

Air *du vaudeville d'une visite à Bedlam.*

Gloire au grand SAINT-HONORÉ!
   Dans la salle
   Qu'on s'installe.
A table narguant TANTALE,
Chacun va boire à son gré.
Nous avons, bons pronostics,
Pour bannir au loin la crainte,
Un *quatorze* de Syndics,
Et d'Electeurs une *quinte.*
Du bon vin! du vin, du vin!
De ce *point* que chacun parte;
Nous ne *perdrons pas la carte,*
   Car ici l'vin
   Est divin. } *(Bis.)*

(Tous les convives se placent au banquet. Aimable confusion! On voit la RAISON fuir la SAGESSE pour la FOLIE; l'EXPÉRIENCE, fille du TEMPS, est entre

deux jeunes lurons, et leur brode des *Souvenirs :*
l'ABSTINENCE prend un buveur pour voisin, et......
le PLAISIR est partout.)

AIR de la colonne.

Selon l'usag', quand un dîner commence,
On sert d'abord les potages..... c'est clair :
Viennent après les plats de la PROVENCE,
D'autres les suiv'nt, et pass'nt comme un éclair. (*Bis.*)
Alors la table est une pépinière,
Où de mets se réfroidit un essaim ;
   Ah ! qu'on est heureux d'avoir faim,
   Lorsque l'on dîne à la Chaumière.   (*Ter.*)

AIR : Eh! ma mère, est-ce que j'sais çà ?

   On peut fair' son tour de France,
   Sans seul'ment quitter Paris ;
   Nous allons fair' connaissance
   Avec des vins favoris :
   Le Bourgogne et le Tonnerre,
   Le Bordeaux et le Chablis,
   Le Champagne et le Madère,
   Vont nous fair' voir du pays.   (*Bis.*)

AIR : Femmes voulez-vous éprouver ?

La table s'couvre de desserts :
D'abord fine pâtisserie,
Et des fruits secs et des fruits verts,
Fromages blancs, fromag's de Brie,
Crêmes en pots, bonbons joyeux,
Qu'avec devises on apprête ;
Enfin, j'en ai tant sous les yeux,
Que j'en ai par-dessus la tête.

Air : *Çà va bon train.*

Au vin lorsque dans une fête,
Chacun trouve ou prêt' des appas,
Moi, comme il me monte à la tête,
    Je ne bois pas ;   (*Bis.*)
Mais aux progrès de l'industrie,
Qui nous ennoblit tous les jours,
A la liberté d'ma patrie,
    Je bois toujours.   (*4 fois.*)

(Ici les convives boivent à la gloire de la France.)

Air : *La seul' prom'nade qu'a du prix.*

Chacun d'nous peut chanter l'Patron, }
N'faut pas tant d'beurr' pour un quart'ron. } *Bis.*
A la fin du r'pas, d'un air aimable,
Voulant qu'chacun pay' sa rançon,
Momus fait le tour de la table,
Pour obtenir une chanson.
Il dit : « Sur un peu trop d'licence,
« Soyez certains qu'on passera ;
« Du Champagn' telle est l'influence,
« Qu'à l'instant Panard revivra. »
Chacun d'nous peut, etc.

Air : *Vaudeville de madame Scarron.*

Après vous, maître Grégoire,
De mon voisin c'est le tour ;
Il faut, aux chansons à boire,
Mêler des refrains d'amour.

Déjà mon voisin, je gage,
Cherche ce qu'il chantera;
Versez-lui davantage,
Sa *romance* viendra.

Air : *Il aime à rire, il aime à boire.*

Amis, j'crois qu'il est temps de boire
A la prospérité d'notr' *corps;*
Remplissons nos verr's jusqu'aux bords,
Dussions-nous perdre la mémoire.
Ah! s'ils allègent les dangers,
Aux temps affreux de pénurie,
Ne doit-elle pas, la patrie,
Egards, respect aux Boulangers?

(Tous les convives boivent à la prospérité de la Boulangerie et à sa considération dans le commerce. Momus, sous les traits de M. P****t, fait passer sa gaîté dans tous les cœurs.... On chante; c'est le règne de la gaudriole.)

Air : *Çà n'se peut pas.*

Amis nous reverrons, je pense,
L'antique manoir des Filard,
Et cette modeste dépense,
Nous pouvons tous la faire, car
Notre fortune s'est accrue;
Nous avons un r'venu bien net,
En *petit's rentes* dans la *rue*
    Du Gros-Chenet (*).

(*) Caisse syndicale.

Air : *Faut l'oublier, disait Grégoire* (*).

Jusqu'au revoir, jour que l'on chôme,
Toujours avec plus vifs plaisirs,
Douze grands mois, de nos désirs
Vont tour-à-tour grossir la somme.
Paré des roses du printemps,
De *petits pois* et de feuillage,
Toi qu'on voit naître tous les ans !
Reçois encore notre hommage ;
  Jusqu'au revoir.

 (Ici l'équipage en goguette lève l'ancre ; le Dieu de
la folie est au gouvernail ; le vent est bon, on cingle
vers le centre de Paris.)

  Air : *Des petits braconniers.*

  Quel dommage,   (*Bis.*)
Qu'il nous faut plier bagage,
  Quel dommage,   (*Bis.*)
  Qu'un festin
N'soit pas sans fin.

  Les réverbères
  Sont éteints,
  Et nos teints,
Amis, ne le sont guères ;
Or, que Momus et ses grelots
Remplacent les falots.

(*) J'aurais pu timbrer ce couplet différemment, mais j'ai voulu
rendre hommage au sieur G*****, garçon Boulanger, auteur de
plusieurs chansons qui ne sont pas sans mérite.

Toute l'année
N'ayons qu'un refrain :
« Chaque journée
« Amène son pain. »

<table>
<tr><td>Quel dommage,</td><td>(Bis.)</td></tr>
<tr><td>Qu'il nous faut plier bagage,</td><td></td></tr>
<tr><td>Quel dommage</td><td>(Bis.)</td></tr>
<tr><td>Qu'un festin</td><td></td></tr>
<tr><td>N'soit pas sans fin.</td><td></td></tr>
</table>

FIN.

N. B. Ce Pot-pourri doit être chanté par un seul, malgré les différents personnages qui le composent ; toutefois en marquant bien les transitions.

9 782019 255190